ACTE II, SCÈNE XIII.

LA CHEVALIÈRE D'ÉON,

COMÉDIE-HISTORIQUE EN DEUX ACTES, MÊLÉE DE COUPLETS,

Par MM. Dupeuty et A. de Maldigny,

MUSIQUE DE M. J. DOCHE, DÉCORS DE M. CONTENT,

Représentée pour la première fois, à Paris, sur le théâtre national du Vaudeville, le 25 janvier 1837.

PERSONNAGES.	ACTEURS.	PERSONNAGES.	ACTEURS.
LOUIS XV.	M. BRINDEAU.	LA MARQUISE DE POMPA-	
LE CHEVALIER D'ÉON.	M. E. TAIGNY.	DOUR.	Mme THÉNARD.
L'ABBÉ GRÉCOURT.	M. LEPEINTRE JEUNE.	Mlle BLANGY.	Mlle JOSÉPHINE.
MIGNONET, serrurier mécani-	M. PHILIPPE.	L'OLIVE, valet du chevalier.	M. BOILEAU.
cien.	M. AMANT.	OFFICIERS DE ROYAL-DRAGON.	
ZURICH, suisse-concierge.	M. LOUIS.	DAMES DE LA COUR.	
SAINT-YVES, officier de Royal-		DOMESTIQUES.	
Dragon.	M. BALARD.	UN HUISSIER.	

S'adresser pour la musique à M. DOCHE, chef d'orchestre du théâtre du Vaudeville.

ACTE PREMIER.

Le théâtre représente une partie du parc de Versailles ; à droite du public, au premier plan le cabaret de Zurich. Ensuite une grille conduisant à l'extérieur du parc. A gauche une charmille ; au fond un mur de clôture.

SCÈNE PREMIÈRE.
LE CHEVALIER, L'OLIVE.

(Au lever du rideau, l'Olive est à cheval sur le mur du fond : le chevalier paraît sans épée, rajustant son uniforme, et la tête encore couverte, par mégarde, d'une perruque et d'un bonnet de femme.)

L'OLIVE, à cheval sur le mur. Où êtes-vous donc, monsieur le chevalier ? est-ce que vous vous êtes perdu dans les broussailles ?

LE CHEVALIER. Me voilà, me voilà. (Il paraît derrière le mur.) Puis-je descendre ?

L'OLIVE. Oui, il y a un treillage...

LE CHEVALIER. Aide-moi un peu.... Bien, bien, je n'ai plus besoin de toi... Ah ! ça, tu es bien sûr, l'Olive, qu'on ne

24.

5

nous a pas entendus fuir, que personne ne nous a vus?

L'OLIVE, *sur le mur.* Parfaitement sûr, monsieur le chevalier.

LE CHEVALIER, *au pied du mur.* Donne-moi mon épée.

L'OLIVE, *sur le mur.* Voilà.

(*Pendant ce qui suit, l'Olive descend en scène.*)

LE CHEVALIER, *à lui-même, attachant son épée et son ceinturon.* Cette chère comtesse de Rochefort, je n'ai eu qu'un moment, à l'arrivée de son noble époux, pour quitter mes habits de femme, et sauter par-dessus le mur, décemment ; je ne pouvais pas me montrer dans le parc de Versailles en robe de soie et en bonnet à la Pompadour.

L'OLIVE, *qui est descendu, le regardant en face.* Ah ! mon Dieu ! monsieur d'Eon, quel oubli !

LE CHEVALIER. Quoi donc ?

L'OLIVE. Le bonnet, la perruque de femme, tout y est encore.

LE CHEVALIER, *ôtant le bonnet.* C'est ma foi vrai... C'est si léger... je ne m'en étais pas aperçu.

AIR : *de la Sentinelle.*

(*Montrant le bonnet.*)
Doux souvenir d'un rendez-vous charmant !
De ma Jenny la main folle et coquette,
Pour contenter un caprice d'enfant,
De ce bonnet avait paré ma tête;
Que de beautés comme elles l'ont voulu!
Moi, j'ai cédé, car, dans mes aventures,
  C'est un prêté pour un rendu,
  A leurs maris, c'est bien connu,
  J'ai donné tant d'autres parures !

L'OLIVE. Rentrons, rentrons vite, monsieur le chevalier.

LE CHEVALIER. Tu as raison. Cette pauvre comtesse de Rochefort, si jolie, si aimante ! n'allons pas la compromettre ; c'est bien assez de la tromper ! elle croit que je l'aime, que je l'adore, tandis que mon cœur est tout entier à ma belle inconnue... Allons nous préparer, car voici bientôt l'heure de ses promenades mystérieuses sous les sombres allées du parc.

L'OLIVE. Sans compter votre déjeuner de bienvenue que j'ai commandé chez le suisse Zurich.

LE CHEVALIER. Si mon inconnue allait venir pendant mon absence...

(*On sonne à la grille du parc.*)

L'OLIVE. Dépêchons, dépêchons, monsieur le chevalier ! j'aperçois déjà du monde... je ne me trompe pas... ce sont des personnes de la cour... et sa majesté le roi lui-même...

LE CHEVALIER. Le roi ! et moi qui ai promis au ministre de la guerre de ne plus m'habiller en femme !... Sauvons-nous, l'Olive, sauvons-nous.

(*Ils sortent tous deux précipitamment ; Zurich sort du cabaret et va ouvrir la grille.*)

SCENE II.
LE ROI, GRÉCOURT, LA MARQUISE, Mlle DE BLANGY.

LA MARQUISE. Adieu, sire, ou plutôt, au revoir... M'accompagner presque jusqu'à ma voiture, comme un bourgeois de Paris qui reconduit sa femme au carrosse de Troyes!... Savez-vous, Louis, que c'est là une galanterie à laquelle je suis très-sensible ?

GRÉCOURT, *à part.* Elle ne se doute de rien... pauvre femme !

LE ROI. Quoi ! belle marquise, vous persistez à quitter Versailles, pour revoir votre vieil oncle le commandeur ?

LA MARQUISE. Je vous ai montré la lettre que j'ai reçue de son intendant : il est dangereusement malade ; ce pauvre oncle ; et lui qui m'a toujours servi de père, ne dois-je pas au moins lui fermer les yeux ?

LE ROI. Vous êtes un ange.

LA MARQUISE. D'ailleurs, ne suis-je pas sûre de votre amour?

GRÉCOURT, *à part.* Oui, compte là-dessus.

LA MARQUISE. Quelque chose me dit que ce voyage portera bonheur au bon vieillard... Il guérira, j'en suis certaine, surtout depuis qu'il est abandonné des médecins.

LE ROI. Votre esprit enjoué lui fera oublier ses souffrances... vous lui conterez toutes ces anecdotes piquantes de la cour, qui lui rappelleront son jeune temps; et le soir, pour le préparer au sommeil, vous lui lirez quelques vers de ce cher Grécourt.

GRÉCOURT. Sire, je suis trop heureux de prêter à rire à votre majesté. (*A part.*) Tu me le paieras, despote.

LE ROI. Tenez, voici les nouvelles à la main, qui vous fourniront une ample provision de scandale et de bonnes méchancetés.

LA MARQUISE. Ah ! voyons donc... (*Lisant.*) « Encore la chevalière d'Eon... » et plus bas : « Encore le chevalier d'Eon. » Mais il sera donc toujours question de cet être inexplicable dont tout le monde parle, et que personne ne connaît ?

LE ROI. Le fait est que c'est une existence incompréhensible.

AIR : *des Laveuses du couvent.*

Si vous parlez aux vieilles femmes,
Qui toutes damneraient les ames
Pour trouver encore un berger,
Elles diront : « C'est une fille,
» Car, près de nous, son œil ne brille
» D'aucun feu, même passager,
» Et l'on ne court aucun danger.
» Belles, méprisez cet être frivole;
» Ce n'est pas, sur notre parole,
» Un chevalier, un chevalier trompeur et léger. »

LA MARQUISE. Mais encore, qu'est-ce
donc ?

LE ROI.

Mais parlez à la jeune fille
Qu'un beau jour il trouva gentille,
Et que l'amour sut engager :
Elle dira, du fond de l'ame :
« Ah! malgré ses habits de femme,
» Moi, qui courus tant de danger,
» Je veux au moins vous protéger.
» Belles, belles, redoutez cet être frivole,
» Car c'est vraiment, sur ma parole,
» Un chevalier... un chevalier trompeur et léger. »

LA MARQUISE, *lisant.* C'est à en perdre
la tête... Voyez encore cet article : « La
» vieille maréchale de Villars offre de pa-
» rier *qu'elle* sort du couvent ; la jeune et
» belle comtesse de Rochefort assure *qu'il*
» entre aux mousquetaires. »

GRÉCOURT. Et moi, je parie que c'est
tout bonnement un intrigant, ou une intrigante.

LE ROI. Vous vous trompez, l'abbé...
c'est simplement un étourdi.

Mlle DE BLANGY, *qui s'est rapprochée.* Est-
ce que c'est un homme ?

LE ROI. Oui, mademoiselle..... notre
lieutenant-civil s'est transporté lui-même
à Tonnerre, et là, sur les registres de la
paroisse, il s'est convaincu que, malgré
la bizarrerie de la nature, qui lui a donné
toutes les grâces d'une femme, notre personnage mystérieux est bien *le chevalier*
d'Eon, qui vient d'acheter une compagnie
dans Royal-Dragon.

LA MARQUISE, *à part, à* Mlle *de Blangy.*
C'est lui, j'en suis sûre.

LE ROI. De plus, il a promis sur sa parole, de renoncer, à l'avenir, à ces dégui-
semens, qui pourraient le brouiller avec
M. d'Argenson.

UN DOMESTIQUE, *entrant.* La voiture de
madame la marquise.

LE ROI. Il faut donc nous quitter ?

LA MARQUISE. Pas pour long-temps,
j'espère.

LE ROI. Trianon va être bien triste
pendant votre absence.

GRÉCOURT, *à part.* Elle n'est pas encore
partie.

LE ROI.

AIR ; *Mire dans mes yeux tes yeux.*

Revenez vite en ces lieux,
Ma belle maîtresse !
Car je ne puis être heureux
Loin de vos beaux yeux,
Adieu, ma belle maîtresse,
Adieu,
Mes amours, adieu !

(*Il la presse sur son cœur, et semble lui faire
les adieux les plus tendres.*)

LA MARQUISE.

Dans cette cour que je quitte
Se souviendra-t-on de moi?
Ici l'amour passe vite,
Même, hélas! l'amour d'un roi.
L'amour d'un roi passe vite,

LE ROI.

Toi seule règne sur moi.

GRÉCOURT, *à part.* Oh ! le jésuite.

ENSEMBLE.

LE ROI.

Revenez vite, etc.

LA MARQUISE.

Je pars, et laisse en ces lieux
Toute ma tendresse!
Loin de moi soyez heureux,
Heureux
Pour nous deux!
Adieu,
Toute ma tendresse!
Adieu,
Vous mon roi, mon Dieu!

SCENE III.

LA MARQUISE, GRÉCOURT, Mlle DE
BLANGY.

GRÉCOURT, *arrêtant la marquise.* Ne
partez pas, et faites éloigner vos gens.

LA MARQUISE, *étonnée.* Pourquoi donc ?

GRÉCOURT. Il y va de votre bonheur,
de tout votre avenir.

LA MARQUISE. Ah! mon Dieu! vous
m'effrayez. (*Elle fait un signe,* Mlle *de Blangy et le domestique s'éloignent.*) Parlez
maintenant, parlez vite.

GRÉCOURT. On vous trompe.

LA MARQUISE. Qui ?

GRÉCOURT. Le roi.

LA MARQUISE. Oh! c'est impossible.

GRÉCOURT. Lisez cette lettre signée
Lebel, premier valet de chambre de
Louis XV, et qui m'est adressée.

LA MARQUISE, *lisant.* « Mon cher Gré-
» court, vous avez votre part dans le com-
» plot, vous l'aurez également dans les
» récompenses. Tout va bien... la marquise
» de Pompadour, à laquelle nous avons
» fait croire que son oncle était mourant,

» va se mettre en route, et, si notre jeune
» novice subjugue le roi, un bon exil nous
» fera raison de cette fière favorite ; j'au-
» rai de l'or, le duc de Stainville sera pre-
» mier ministre, et vous, chanoine dans
» un de nos premiers vignobles. » Oh ! mais
c'est affreux !

GRÉCOURT. Eh bien ! me croyez-vous,
à présent ?

LA MARQUISE. Une conspiration contre
moi ! et le roi en est... moi qui le croyais
si amoureux, et qui avais la faiblesse de
lui être fidèle !

GRÉCOURT. Sortez donc de votre carac-
tère.

LA MARQUISE. Car vous ne savez pas,
Grécourt : dans ces longues promenades à
pied, que j'aime à faire incognito, avec ma
fidèle Blangy, un jeune homme charmant
s'est attaché à mes pas ; il m'a dit des paroles d'amour, comme jamais je n'en avais
entendu, et tout, jusqu'à son nom, devait
m'engager à ne pas le décourager... il s'appelle le chevalier d'Eon. Eh bien, croiriez-
vous que j'ai eu la cruauté de l'affliger, de
le repousser, même de lui défendre de
chercher à me revoir ?.. Ah ! si j'avais su !..

GRÉCOURT. Vous vous seriez vengée,
n'est-ce pas ? vous auriez fait comme moi ;
car il faut l'avouer, si je suis venu à vous,
si j'ai passé dans le camp ennemi, c'est que
Louis XV m'a forcé à devenir un Corio-
lan. Avez-vous remarqué, encore tout à
l'heure, comme sa majesté le roi me pro-
digue les sarcasmes, les épigrammes ?... eh
bien ! il y a plus de huit jours que cela
dure... il me rend la fable, la risée de tous
ces imbéciles de courtisans, moi, qui n'ai
jamais fait que des vers charmans.

LA MARQUISE. Oh ! c'est vrai ! cela, dé-
licieux, adorables. (A part.) Je ne les ai
pas lus, mais c'est égal.

GRÉCOURT. A la bonne heure, au moins !
j'ai trouvé quelqu'un qui me comprend...
et une femme qui s'y connaît, un modèle
d'esprit, d'instruction. (A part.) Elle ne sait
pas un mot de français.... mais ça flatte
toujours.

LA MARQUISE. Unis pour la vengeance.

GRÉCOURT. Vengeance de poète.

LA MARQUISE. Et vengeance de femme.

GRÉCOURT. L'une vaut l'autre.... mais,
avant tout, il faut parer le coup qui vous
menace... Sachez d'abord qu'il y a ce soir
grande fête à Trianon.

LA MARQUISE. Et lui qui me disait :
« Trianon sera bien triste pendant votre
absence ! » Oh ! le traître !

GRÉCOURT. Grand bal masqué, et pré-
sentation de la jeune fille destinée à vous
détrôner, madame la marquise.

LA MARQUISE. L'avez-vous vue ? Est-elle
jolie ?

GRÉCOURT. Jolie comme un ange.

LA MARQUISE. Oh ! je la déteste.

GRÉCOURT. C'est la fille d'un ancien em-
ployé, presque du peuple, n'ayant pour
appui que sa vieille mère, pauvre veuve
que ce scélérat de Lebel a trompée de la
manière la plus indigne... elle se nomme
Marie Anna Dutertre, et demeure avec sa
mère, rue de Satory.

LA MARQUISE. Petite intrigante !.. je vais
la trouver, l'accabler de toute ma colère,
et la souffleter, fût-ce devant le roi lui-
même.

GRÉCOURT. Pour donner un prétexte de
plus à votre exil...Arrêtez, ne faites pas
cette folie-là.

LA MARQUISE. Vous avez raison... et je
conçois un projet qui vaut beaucoup
mieux... D'abord, je ne pars pas.

GRÉCOURT. Ce n'est pas le moment.

LA MARQUISE. Vous, vous vous enten-
dez avec mes gens qui me sont dévoués, et
nous enlevons ma rivale.

GRÉCOURT. Que nous faisons conduire
à Metz, où elle a des parens ; admirable !

LA MARQUISE. Cachée sous cette large
cape de voyage, personne ne me reconnaît ;
je rentre à Trianon ; je vais moi-même au
rendez-vous, à la place de la belle absente,
et mon royal infidèle confondu, étourdi,
n'a plus qu'à tomber à mes genoux, et à
implorer son pardon.

GRÉCOURT. De mieux en mieux ; mais à
cela je vois deux obstacles... d'abord,
vous ne pouvez rentrer à Trianon sans être
reconnue, car la défense est faite de laisser
pénétrer qui que ce soit, sans une invitation de l'intendant des Menus... et quant
au pavillon mystérieux des Rendez-vous,
vous savez que le roi seul en a la clef.

LA MARQUISE. Je l'avais autrefois ; pru-
demment, j'en ai gardé l'empreinte ; trou-
vez-moi donc un ouvrier habile, discret,
et cet obstacle sera levé.

GRÉCOURT. Je vous le trouverai.

LA MARQUISE. Quant au moyen de rentrer incognito à Trianon, j'y songerai plus
tard... mais ne perdez pas un instant.

Mlle DE BLANGY. Madame la marquise,
vos gens craignent que vous ne les ayez
oubliés.

LA MARQUISE. Ils vont recevoir mes or-
dres. (A Grécourt.) Allez les leur porter,
mon ami... oui, mon ami, je vous donne
ce titre, dussent les neuf muses en devenir
jalouses.

GRÉCOURT. Ah! majesté Louis XV, vous voulez donner une rivale à madame la marquise!

LA MARQUISE. Vous trouvez mauvais les vers du spirituel Grécourt!..

GRÉCOURT. Eh bien! nous verrons si vous trouvez meilleur le tour que nous allons vous jouer... Elle est charmante.

(Il sort en courant.)

LA MARQUISE. Il est charmant!

SCENE IV.

LA MARQUISE, Mlle DE BLANGY.

Mlle DE BLANGY. Quoi! madame, vous ne partez pas!

LA MARQUISE. Non, ma chère Louise, et tu sauras pourquoi. *(A elle-même.)* Ah! l'on voulait m'exiler, me faire abdiquer.. eh bien! nous verrons... Ce qui me rassure, c'est que le roi m'aime encore... Oh! oui... sans cela, eût-il craint de me braver en face, ou de me faire signifier un congé poli?.. Le roi ne voit dans cette aventure qu'une fantaisie à satisfaire... Ah! sire, vous m' 'onnez là un bien mauvais exemple!

AIR : *Reviens...te* (d'Et. Thénard.)

Un jeune officier, bien timide,
Chaque jour s'attache à mes pas,
Et l'amour, l'amour seul le g...de,
Quand d'amour vous ne parlez pas ;
Avec bonheur sans cesse il me regarde
Lorsque de moi vous détournez les yeux ; *(bis)*
Je résiste tant que je peux ;
    Mais prenez garde !

Il ne sait pas si je suis belle,
Il ignore jusqu'à mon nom ;
Pourtant il m'aime et moi, fidèle,
Jusqu'ici j'ai toujours dit non.
Roi bien-aimé, que long-temps Dieu vous garde!
Il est aimable, il est jeune, amoureux!
Je résiste tant que je peux ;
    Mais prenez garde !

Que penses-tu, ma bonne Louise, de ce jeune officier que nous rencontrons tous les jours dans notre promenade solitaire?

Mlle DE BLANGY. Oh! je le trouve charmant... et c'eût été vraiment bien dommage que ce fût une femme.

LA MARQUISE, *écrivant sur une feuille qu'elle détache ensuite des tablettes.* Et crois-tu que nous le verrons encore aujourd'hui dans cette partie du parc qu'il semble affectionner comme nous.?

Mlle DE BLANGY. Oh! je jurerais... *(Bruit de voix en dehors.)* Mais quel est ce bruit?

LA MARQUISE. Des officiers se dirigent de ce côté... on dirait une dispute, un duel.

Mlle DE BLANGY. Sauvons-nous, madame, sauvons-nous.

LA MARQUISE. Non, restons... j'ai reconnu l'uniforme.

(Elles baissent vivement leurs capes, et se tiennent à l'écart derrière la charmille.)

SCENE V.

LES MÊMES, *au fond*; LE CHEVALIER, LAURAGUAIS, SAINT-YVES, AUTRES OFFICIERS DE ROYAL-DRAGON.

LE CHEVALIER, *entrant le premier.* Il est inutile d'aller plus loin, messieurs.

(Il met l'épée à la main; Saint-Yves en fait autant.)

Mlle DE BLANGY, *bas.* C'est lui, madame.

LA MARQUISE, *de même.* Silence.

LAURAGUAIS. Y pensez-vous, messieurs? tirer l'épée dans l'intérieur du parc de Versailles, à quelques pas de la grille de Trianon!

LE CHEVALIER. Je ne veux pas qu'on se moque de mes amours, et surtout de ma belle inconnue...

Mlle DE BLANGY, *bas.* Il parle de vous.

LA MARQUISE, *de même.* Silence, donc.

SAINT-YVES. Moi, je soutiens qu'elle est vieille et laide.

LA MARQUISE, *à part.* Insolent!

LE CHEVALIER. Je vais te prouver le contraire en te donnant un bon coup d'épée.

SAINT-YVES. C'est ce que nous allons voir, par exemple.

(Ils se mettent en garde et échangent quelques bottes.)

LA MARQUISE, *s'avançant.* Arrêtez, arrêtez, messieurs !

TOUS. Une femme!

LE CHEVALIER, *à part.* C'est elle.

LA MARQUISE. Je suis la cause innocente de ce duel; j'ai donc le droit d'empêcher deux braves gentilshommes de se couper la gorge... Monsieur de Saint-Yves...

SAINT-YVES, *à part.* Tiens, elle sait mon nom !

LA MARQUISE. Je ne puis vous montrer mon visage... mais, sans manquer à l'honneur ni à la vérité, vous pouvez confesser que je ne suis ni vieille ni laide.... Vous, monsieur d'Eon, chevalier digne d'Amadis et du beau Tristan, au nom de la dame de vos pensées, il vous est ordonné de laisser reposer votre vaillante épée.

(Ils remettent tous deux leur épée dans le fourreau.

SAINT-YVES, *à part*. Il me semble que j'ai entendu cette voix-là quelque part.

Mlle DE BLANGY, *bas*. Prenez garde, M. de Saint-Yves cherche à vous reconnaître.

LA MARQUISE. Merci de votre galanterie, monsieur le vicomte.... Chevalier, merci de votre obéissance... Ne me suivez pas... je vous le défends... je vous en prie...

(Elle sort vivement avec Mlle de Blangy, mais après avoir laissé tomber son bouquet aux pieds du chevalier, qui s'est approché d'elle.)

SCENE VI.

LES MÊMES, *excepté* LA MARQUISE *et* Mlle DE BLANGY.

LE CHEVALIER, *la regardant s'éloigner*. Son bouquet! oh! je la reverrai... elle m'aime... oh! oui, elle m'aime, c'est impossible autrement.

SAINT-YVES. Sais-tu bien, heureux mortel, que maintenant je me battrais pour être à ta place... mais, au moins, tu nous diras quelle est cette beauté mystérieuse.

LE CHEVALIER. Parole d'honneur, je n'en sais rien. Depuis huit jours, je l'ai vue se promener sous les sombres allées de marroniers.... mais elle semblait prendre à tâche de me cacher ses traits, et, sans avoir aperçu son visage, sans avoir saisi un seul regard, j'en suis devenu amoureux... de confiance.

SAINT-YVES. Amoureux et brave! oh! maintenant nous n'avons plus aucun doute.

LE CHEVALIER. Que veux-tu dire?

SAINT-YVES. Imagine-toi que nous nous étions figuré que le ministre de la guerre nous avait fait une plaisanterie en nous enyoyant pour camarade *la chevalière* d'Eon... mais tu nous as prouvé, sur le terrain, que tu étais un brave et véritable gentilhomme... Touche là, chevalier, et sans rancune.

(Ils se donnent la main.)

TOUS. Vive notre nouveau camarade!

LE CHEVALIER. J'espère vous prouver, à mon dîner de bienvenue, que je ne recule pas plus devant le champagne que devant un coup d'épée.

SCENE VII.

LES MÊMES, ZURICH.

ZURICH. Monsier les oviciers, la rebas il être servi toute jaude.

SAINT-YVES. Bravo, Zurich! fidèle à la discipline... (*Au chevalier.*) Cher amphitryon, nous sommes tous prêts! nous boirons à tes amours, à ta belle inconnue.

LE CHEVALIER, *à part*. Il y a une lettre dans le bouquet! (*Il la serre vivement.*) Je suis à vous, chers camarades... Montrez-moi le chemin... ici, comme au combat, je vous suivrai toujours.

TOUS. A table, à table.

AIR : *Vogue ma balancelle.*

A table tout le monde!
Sautez, joyeux bouchons!
Que votre bruit réponde
Au doux bruit des chansons!

(Ils sortent tous pêle-mêle; d'Eon feint de les suivre, et revient vivement sur ses pas.)

SCENE VIII.

LE CHEVALIER, *seul*, *puis* ZURICH.

Une lettre... Je ne puis résister à mon impatience. (*Lisant*) « On ne peut, à la » promenade, vous faire connaître ni son » nom, ni son visage, mais tâchez de » vous faire présenter à la cour : comme » signe de reconnaissance, on portera un » bouquet pareil à celui qu'on vous a » donné. » Un billet sans signature..... et sans orthographe, c'est une grande dame.. Oh! je la verrai, je la connaîtrai,... Le séjour des plaisirs du roi est entouré d'une garde sévère, mais il n'est pas impénétrable... et l'intendant des menus plaisirs ne pourra me refuser...

ZURICH, *qui vient d'entrer*. Monsir jevalier, la zociété et la béjamelle attendre vous...

LE CHEVALIER. Je suis à eux... dix minutes seulement... (*A part.*) Chère inconnue, reçois d'avance tous les baisers que je donne à ta lettre.

(Il baise la lettre à plusieurs reprises, et sort vivement à gauche.)

SCENE IX.

ZURICH, *puis* MIGNONET, *entrant à droite par la grille.*

ZURICH. Est-ce qu'il être fou ?.. il baise la bapier, comme s'il avre enveloppé des gotclettes en babillottes!

MIGNONET, *d'abord sans voir Zurich*. Une dame... un rendez-vous à moi Mignonet, serrurier-mécanicien... c'est plus que singulier !.. (*Apercevant Zurich.*) Ah! c'est vous, mon cher oncle ! enchanté de vous voir ; ce n'est pas vous que je cherchais.

ZURICH. Ma neveu, vous êtes une grossier.

MIGNONET. Papa Zurich, vous êtes dans l'erreur : vous êtes mon oncle du côté des femmes, et je vous respecte infiniment, quoique vous parliez très-mal la langue française.

ZURICH. Comment veux-tu que je le barle ? je ne la savre pas.

MIGNONET. Ah ! barbare Helvétien ! je ne la savre pas ! pourquoi ne pas dire tout bonnement et avec élégance : je ne puis la parler, ne la *savant* pas ?.. voilà comme on parle français.

ZURICH, *qui a regardé à gauche.* Ah ! voilà du monde qui vient de cette côté...

MIGNONET, *le reprenant.* De *ce* côté... c'est du neutre.

ZURICH. Teux tames !

MIGNONET, *à part.* Des dames, c'est mon affaire. (*Haut.*) Papa Zurich, vous êtes mon oncle par les femmes, et je vous respecte infiniment, mais j'ai une fausse idée qu'on vous a appelé pour aller à la cave.

ZURICH. A la cave, je vais..... atieu Mignonette.

(Il rentre au cabaret.)

MIGNONET. Mignonet... je suis du masculin.

ο ϙϙϙ ϗϙϙϙϙϙϙϙϙϙϙϙ ϙϙϙϙϙϙϙϙϙϙ ϙϙϙϙϙϙϙ ϙϙϙ ϙϙϙϙϙϙ

SCENE X.

MIGNONET, *puis* LA MARQUISE.

MIGNONET. Quelle tête carrée ! si celuilà est jamais professeur de grammaire, par exemple... (*Regardant au dehors.*) Ah ! la dame mystérieuse vient de ce côté... elle m'a vu... elle dit à sa suivante de l'attendre... Qu'est-ce qu'elle peut me vouloir ? Est-ce que tout Versailles ne sait pas que je suis fiancé, presque marié ?.. c'est un peu hardi de la part de cette femme.

LA MARQUISE, *à part.* Ah ! c'est sans doute là l'ouvrier que Grécourt m'envoie.

MIGNONET, *à part.* Comme elle me dévore des yeux !.. parole d'honneur, c'est indécent.

LA MARQUISE. Mon ami...

MIGNONET, *à part.* Mon ami ! Effrontée, va !

LA MARQUISE. Ne venez-vous pas ici de la part de l'abbé Grécourt ?

MIGNONET. Oui, madame, ou mademoiselle... je ne sais pas au juste ; mais d'abord, je vous ferai observer que l'expression de *mon ami* est un peu leste..,

LA MARQUISE, *à part.* Qu'a-t-il donc, ce garçon ?..

MIGNONET. Et que si vous m'avez donné ce rendez-vous pour m'entraîner à des folies, ça n' se peut.

LA MARQUISE, *à part.* Mais il y a làdessous quelque méprise.

MIGNONET. J'adore quelqu'un ou plutôt quelqu'une, pour parler français, et je suis bien décidé à ne lui faire aucune espèce d'infidélité.

LA MARQUISE, *à part.* Ah ! je comprends.

MIGNONET. Cette quelqu'une est tout bonnement la plus jolie fille de Versailles. M. Lebel, ma pratique, le premier valet de chambre de sa majesté, dit que c'est un vrai morceau de roi.

LA MARQUISE, *à part.* Pauvre garçon !

MIGNONET. Elle se nomme Marie-Anna Dutertre, et s'appellera incessamment Mme Mignonet.

LA MARQUISE, *à part.* Le futur de cette petite : c'est bon à savoir.

MIGNONET. Par un diminutif ingénieux je l'appelle Nana, et, comme je porte le nom de Théodore, elle m'a, de son côté, décoré du sobriquet de Dodore.

LA MARQUISE, *le repoussant.* Rassurezvous, mon garçon... j'espère bien ne jamais être la rivale de Mlle Anna... mais le temps presse. . répondez-moi.

MIGNONET, *à part.* Tiens, ce ton, à présent !.. elle est mortifiée.

LA MARQUISE. Vous êtes ouvrier serrurier ?

MIGNONET. Serrurier-mécanicien, sans vous commander. (*A part.*) Il paraîtrait alors que ce n'est pas de l'amour : c'est tout bonnement de la serrurerie. C'est quelque grosse quincaillière qui veut me faire une commande.

LA MARQUISE. Pourriez-vous, en deux heures, à peu près, me faire une clef dont j'ai besoin.

MIGNONET. En deux heures ! je vous en ferai une demi-douzaine. Voulez-vous venir à la boutique ?

LA MARQUISE. C'est inutile... Dix louis seront la récompense de votre travail et de votre discrétion.

MIGNONET. Dix louis pour une clef ! ah ça, vous la voulez donc en or, en pur or ?

LA MARQUISE, *tirant un papier plié de ses tablettes.* Il y a là-dedans une empreinte qui vous servira de modèle.

MIGNONET, *à part.* Une empreinte ! une fausse clef... Est-ce que ça serait une parente de Cartouche ?

LA MARQUISE. Vous trouvez-vous trop peu payé ? je double la somme.

MIGNONET. Du tout, du tout, ma belle

dame, je ne mange pas de ce pain-là... il est un peu trop dur pour moi... Ah! vous prenez des empreintes, et vous voulez me faire confectionner des rossignols... Je vais appeler mon oncle le suisse, je vais appeler tout le monde, et nous verrons comment vous vous tirerez de là.

LA MARQUISE. Arrêtez... (*A part.*) Il me met dans un embarras... (*Comme frappée d'une idée.*) Ah! heureusement !

MIGNONET. Quoi? heureusement!

LA MARQUISE. Si l'or ne peut rien sur vous, il est un autre prix auquel vous ne serez pas insensible.

MIGNONET. Oui, essayez un peu.

LA MARQUISE. Sans le savoir, tu as perdu l'objet le plus précieux.

MIGNONET, *se fouillant.* Vous vous trompez, je n'ai rien perdu du tout.

LA MARQUISE. Ta future a été enlevée, aujourd'hui même.

MIGNONET. Ma Nana... Oh non, non, ça n'est pas vrai, n'est-ce pas?

LA MARQUISE. Elle a été enlevée par Lebel, et pour le roi.

MIGNONET. Pour le roi !.. Je tombe en faiblesse.

(Il s'assied sur un banc.)

Air *de Turenne.*

Il m'semb' vraiment qu'je n'suis plus le même homme,
Qu'autour de moi, sur moi, tout change aussi;
Il m' semb' que mon habit vert pomme,
Est d'venu couleur de souci,
Mais couleur du plus pur souci;
Qu'un ornement ridicule et difforme
Pousse en cet instant sur mon front,
Et même que mon chapeau rond
Vient soudain de changer de forme.

(*Avec rage.*) Je ne m'étonne plus si ce scélérat de Lebel me disait : C'est un morceau de... horrible jeu de mot!..

LA MARQUISE. Ne vous affligez pas..... votre fiancée, je puis vous la rendre.

MIGNONET. Me la rendre, sans qu'elle ait régné un seul jour?.. (*La marquise fait un signe affirmatif.*) Oh ! alors, vous pouvez compter sur moi... je vous en ferai des clefs, des cadenas, des serrures, des grilles, des verroux... je vous en abattrai de la limaille...

LA MARQUISE. Prenez donc cette empreinte... et ce soir, au moyen d'une livrée du château que vous procurera Grécourt, vous entrerez à Trianon, et vous viendrez me trouver, mais avec mystère, et sans prononcer mon nom.

MIGNONET. Je crois bien, je ne le sais pas.

LA MARQUISE. Il faut au moins que vous connaissiez mon visage.

(Elle relève sa cape.)

MIGNONET. Que vois-je? la marquise de l'ompadour !

LA MARQUISE. J'espère que maintenant il ne vous reste plus aucun doute.

MIGNONET. La marquise de Pompadour! la fausse reine de France !... et moi, qui l'ai traitée de quincaillière !

LA MARQUISE. Dans deux heures, ma clef.

MIGNONET. Et à moi, ma Nana.

Air : *Quel cruel mystère.* (Pierre-le-Rouge, 3e acte.)

Comptez sur mon zèle,
J' s'rai discret, fidèle;
J' veux revoir ma belle
Avant d'main matin.

LA MARQUISE.
J'ai foi dans ton zèle ;
Sois discret, fidèle,
Et près de la belle
Tu seras demain.

MIGNONET, *seul, à part.*
C'te clef mystérieuse,
C'te clef bienheureuse,
Pour Nana, je le sens,
Sera la clef des champs.

REPRISE DE L'ENSEMBLE.

(*Mignonet sort.*)

SCÈNE XI.

LA MARQUISE, *seule.*

J'aurai la clef du pavillon, mais ce n'est pas tout... Comment rentrer maintenant à Trianon, tandis que le roi me croit bien loin de Versailles, sur la route du château de mon oncle? Si j'étais reconnue, tout le fruit de mes efforts serait perdu, et je ne pourrais surprendre, confondre mon illustre infidèle... (*Réfléchissant.*) Je n'entrevois encore aucun moyen ... et pourtant il faut que j'y entre à ce bal.... (*Regardant en dehors.*) Ah ! j'aperçois Grécourt, il me viendra en aide... Mais je ne me trompe pas, il n'est pas seul; Lebel, le premier valet de chambre, est avec lui... Est-ce que l'abbé, après avoir trahi le roi pour la favorite, trahirait déjà la favorite pour le roi? messieurs les abbés politiques sont sujets à des conversions si rapides !

(Elle se tient à l'écart, et évite d'être vue.)

SCÈNE XII.

LA MARQUISE, GRÉCOURT.

GRÉCOURT, *en dehors.* Oui, monsieur le premier... j'entends parfaitement ce que vous me dites.

LA MARQUISE, *à part.* Ils se séparent.

GRÉCOURT, *en dehors.* A l'honneur de vous revoir, estimable monsieur Lebel... (*Entrant.*) Le diable t'emporte! vil laquais! infâme mouchard! je n'ose pas lui donner un autre nom.

LA MARQUISE. Qu'y a-t-il donc, Grécourt?

GRÉCOURT. Il y a... que je suis perdu, ruiné, exposé à la colère du roi.

LA MARQUISE. Quoi! est-ce que notre enlèvement aurait manqué?

GRÉCOURT. Non, ce n'est pas cela... la petite voyage maintenant en train de poste, et personne ne se doute de la route qu'elle a prise.

LA MARQUISE. Ah! je respire... maintenant il ne reste plus qu'à trouver un moyen de me faire rentrer incognito à Trianon.

(*Elle réfléchit.*)

GRÉCOURT. Comment! il ne reste plus... eh bien! et mon aventure!

LA MARQUISE. Ah! c'est vrai, je n'y pensais plus; nous en parlerons plus tard. (*A elle-même.*) Si je me servais,....

GRÉCOURT. Mais je vous répète que je suis très-exposé.

LA MARQUISE, *sans l'écouter.* Non, cela ne vaut rien.

GRÉCOURT. Qu'après l'enlèvement, mons Lebel, qui m'a rencontré dans la maison, m'a déclaré positivement que, si la jeune personne n'est pas retrouvée...

LA MARQUISE. Eh bien?

GRÉCOURT. C'est sur moi que tout retombera... je serai arrêté, emprisonné, bâtonné peut-être...

LA MARQUISE, *à elle-même.* Comme c'est heureux!

GRÉCOURT. Comment! heureux que je sois bâtonné?..

LA MARQUISE. Voilà ce que je désirais.

GRÉCOURT. Madame! c'est une horrible ingratitude.

LA MARQUISE. Eh! au contraire, l'abbé, c'est un moyen de tout sauver.

GRÉCOURT. Je ne vous comprends pas.

LA MARQUISE. Il faut que vous retrouviez la petite, et moi que je pénètre dans le château!

GRÉCOURT. Oui, mais, en attendant, le domino vert couleur d'espérance, le masque, tout est préparé chez la belle fugitive.

LA MARQUISE. Eh bien?

GRÉCOURT. Lebel doit venir la chercher avant une heure d'ici, pour la conduire jusqu'à l'entrée de Trianon, où le roi lui donnera la main.

LA MARQUISE. Eh bien?

GRÉCOURT. Eh bien! je ne vous comprends pas encore.

LA MARQUISE, *à part.* Ne pas me comprendre! un poète... Dieu! que ces hommes d'esprit sont bêtes! (*Appelant.*) Blangy. (*A Grécourt.*) L'adresse exacte de cette famille!

GRÉCOURT, *lui donnant une carte.* La voici.

Mlle DE BLANGY, *entrant.* Que désire madame la marquise?

LA MARQUISE. Fais avancer une chaise et des porteurs. (Mlle *de Blangy sort. A Grécourt.*) Qui trouverai-je à cette maison?

GRÉCOURT. Une vieille mère, trop infirme pour avoir pu suivre sa fille, mais qui vous sera dévouée. Mais si vous vouliez m'expliquer...

VOIX, *en dehors.* A la santé du chevalier d'Eon!

LA MARQUISE. Du monde chez Zurich! heureusement, voici mes porteurs. (*Ils entrent.*) Adieu, l'abbé.... nous nous reverrons à Trianon.

(*Elle entre dans la chaise.*)

GRÉCOURT. A Trianon!.. j'aurais pourtant voulu savoir...

LA MARQUISE, *dans la chaise.* Surtout soyez discret. (*Aux porteurs.*) Rue Satory.

(*Elle ferme le rideau et disparaît.*)

SCÈNE XIII.

GRÉCOURT, *seul.*

Soyez discret! je crois bien.... je ne comprends pas. Favorite et roi, qui des deux vaut le mieux? Ma foi, si on me le demandait, je répondrais : Ni l'un ni l'autre... Si, pourtant : celui des deux qui me fera nommer chanoine...

PLUSIEURS VOIX, *en dehors.* Encore du champagne!..

GRÉCOURT. Ah! voici de joyeux convives qui prennent leurs ébats au cabaret de Zurich..... Ça me rappelle mon bon temps, quand je n'avais rien, quand je n'étais qu'un vaurien de poète...

NOUVEAUX CRIS. Du champagne! du champagne!..

GRÉCOURT. Ça me fait frémir ces cris-là...

AIR : *Le coup de toute part.*

Qu'ils sont heureux là-bas!
Que de fois, comme eux, je mis habit bas
Dans un joyeux festin
Qui voyait venir l'aube du matin!
Vive le cabaret!

Tendron, vin clairet,
Tout est sans apprêt.
J'y suis, lorsque je bois ;
Roi ;
Nul n'est au-dessus de moi.

L'amour
Règne à la cour,
L'amour prisonnier,
L'amour en panier,
De fard tout barbouillé,
Moi, je l'aime mieux en déshabillé.
Vive *, etc.

Les rois
Sont bons parfois,
Quand vous les flattez ;
Mais leurs majestés,
Même avec leurs amours,
Ne sont pas toujours
Patte de velours.
Vive, etc.

Ah ! voici nos gais buveurs.., ils quittent la table... Eh ! parbleu, je ne me trompe pas, ce sont des connaissances... les braves officiers de Royal-Dragon !

SCENE XIV.

GRÉCOURT, SAINT-YVES, LAURA-GUAIS, Officiers.

CHŒUR.

Air : de Zampa.

Bien dîner, voilà la vie,
Et nous vivons aujourd'hui,
Oui,
Car celui qui nous convie
Ne sait rien faire à demi.

(Ils serrent tous la main à Grécourt.)

SAINT-YVES. Certainement, messieurs, d'Eon a fort bien fait les choses... le menu était excellent.

GRÉCOURT. Et les vins ?

SAINT-YVES. Dignes de toi ; l'abbé... mais le chevalier... ne pas paraître à un dîner dont on est l'amphitryon, c'est un peu fort.

TOUS. Le voilà ! le voilà !

SCENE XV.

LES MÊMES, LE CHEVALIER.

LE CHEVALIER. Excusez-moi, mes chers camarades, de n'arriver qu'à la fin du déjeuner ; c'est d'autant plus mal à moi que je meurs de faim.

GRÉCOURT. Eh bien ! recommençons.

LE CHEVALIER. Bien obligé ! quand on est amoureux comme moi...

Ce couplet se passe à la représentation.

GRÉCOURT. On ne mange pas ; quelle faute !

LE CHEVALIER. Imaginez-vous que cet intendant des Menus me refuse un billet d'entrée, pour ce soir, à Trianon, sous prétexte qu'on ne peut pas aller à la cour quand on n'y a pas encore été.

SAINT-YVES. C'est vrai, il faut être présenté.

LE CHEVALIER. Il a envoyé ma demande au roi... mais le roi qui connaît mes aventures, mes fredaines... je n'oserai jamais me présenter devant lui. Moi, qui avais là le plus joli rendez-vous..... Mes amis, mes chers camarades, aidez-moi, indiquez-moi un moyen..... Celui qui pourra m'ouvrir les portes de ce séjour, je lui cède l'amour de trois comtesses, les lettres d'une marquise, et une boucle de cheveux de la Guimard.

GRÉCOURT. J'ai bien un billet d'entrée.

LE CHEVALIER. Vrai ?

GRÉCOURT. Mais c'est un billet de femme !

LE CHEVALIER. Que le diable l'emporte !

GRÉCOURT. Celui de la baronne de Fromonville, ma parente, qui devait faire aujourd'hui sa première apparition à la cour, et qui a eu la sottise de se fouler le pied un jour de bal.

(Roulement de tambour au dehors.)

LE CHEVALIER. Quel est ce bruit ?

GRÉCOURT. Il nous annonce la prochaine arrivée du roi.

LE CHEVALIER. Et ne pouvoir entrer !.. Que dira-t-elle de moi, de ma maladresse ?

GRÉCOURT. Je me dévoue, je parlerai au roi.

SCENE XVI.

LES MÊMES, LE ROI, LA MARQUISE, en domino vert, INVITÉS DE LA COUR.

CHŒUR.

Air : de J. Doche.

Entendez-vous du bal
Retentir le signal ?
Le voile du mystère
Permet d'aimer, de plaire.
En ce royal séjour
Tout nous parle d'amour !
Danseurs, masques joyeux,
Accourez en ces lieux.

LA MARQUISE, levant son masque, et montrant sa figure à Grécourt. Comprenez-vous à présent ?

GRÉCOURT, à part. La marquise !

LA MARQUISE, voyant le chevalier. Il est ici !

LE CHEVALIER, *à part.* Le même bouquet au côté... c'est elle... et avec le roi... quel mystère...

LE ROI, *à la marquise, à gauche du théâtre.* Belle Marie, garderez-vous donc toujours ce silence obstiné? vous savez que vous êtes sans rivales.

LA MARQUISE, *contrefaisant sa voix.* Excepté Mme de Pompadour.

LE ROI. Cette pauvre marquise, elle court la poste, à l'heure qu'il est, et ne se doute de rien.

LA MARQUISE. Je la plains de tout mon cœur.

LE CHEVALIER, *tirant Grécourt par son manteau.* Parle donc.

GRÉCOURT. Je me prépare... (*Haut.*) Sire...

LE ROI. Que voulez-vous, l'abbé?

GRÉCOURT. Monsieur l'intendant des menus a remis à la décision personnelle de votre majesté l'admission, à cette fête royale, du jeune chevalier d'Eon... et j'ose espérer...

LE ROI, *l'interrompant.* Le chevalier d'Eon... ce mauvais sujet!..

GRÉCOURT. Je ne dis pas le contraire.

LE CHEVALIER, *à part.* Merci.
(*Il le pince.*)

LE ROI. Qu'il se garde bien de jamais se présenter devant nous... au lieu d'une invitation de bal, il courrait grand risque de trouver une bonne lettre de cachet.

LE CHEVALIER, *à part.* Tyran, va.

LA MARQUISE, *bas au chevalier, et très-vite.* Trouvez un moyen, je le veux.

LE CHEVALIER, *à part.* Elle le veut... (*A Grécourt.*) L'abbé, promettez-vous de me seconder?

GRÉCOURT. De tout mon pouvoir.

LE CHEVALIER. Eh bien! alors, j'irai à cette fête.

LE ROI, *à la marquise.* Si avare de paroles, le serez-vous autant de cette jolie main?

(*La marquise lui abandonne sa main qu'il baise.*)

LE ROI, *à part, après avoir baisé la main de la marquise.* Cette simple faveur me transporte, m'enivre... ce que c'est pourtant que le changement. (*Haut.*) J'ai fait une nouvelle conquête, je n'ai pas perdu ma journée.

LA MARQUISE. Sire, la journée ne finit qu'à minuit.

LE CHEVALIER, *bas à la marquise.* A Trianon!

REPRISE DU CHOEUR.

Entendez-vous du bal
Retentir le signal?
Le voile du mystère
Permet d'aimer, de plaire!
En ce royal séjour
Tout nous parle d'amour!
Danseurs, masques joyeux,
Accourez en ces lieux.

(*Le roi donne la main à la marquise, et précède les autres masques ou danseurs, qui se dirigent à gauche, vers la grille de Trianon; les officiers, Grécourt et d'Eon semblent se concerter entre eux.*)

ACTE DEUXIÈME.

Le théâtre représente un riche pavillon octogone ; au troisième plan, à droite et à gauche, une porte, et une au fond donnant sur les jardins illuminés. A gauche une table, encre, papier, plumes, chaises, fauteuils, lustres, candélabres chargés de bougies allumées.

SCENE PREMIERE.

LA MARQUISE, Mlle DE BLANGY.

LA MARQUISE. Tu es donc parvenue aussi à entrer à Trianon, à me rejoindre, ma chère Blangy?

Mlle DE BLANGY. Quand on a deux grands yeux noirs, et qu'un jeune page s'en est aperçu...

LA MARQUISE. J'entends... pour ouvrir toutes les portes, deux beaux yeux valent bien la clef d'or. Mais à propos de clef, ce jeune ouvrier se fait bien attendre... cela commence à m'inquiéter, car je ne puis rentrer dans mes appartemens que par la porte dérobée qui donne dans ce pavillon. Pendant que le roi parlait à M. de Bernis, de je ne sais quel mariage projeté du prince de Conti, j'ai doucement dégagé mon bras du sien, et je me suis échappée; mais si l'on retrouvait le beau domino vert, tout serait perdu.

Mlle DE BLANGY. Madame, voilà un domestique à la livrée du château, qui a l'air de chercher quelqu'un.

LA MARQUISE. C'est lui.

SCENE II.

LES MÊMES, MIGNONET, *en livrée beaucoup trop large.*

MIGNONET. Je ne me trompe pas, c'est ma belle dame de tantôt.

LA MARQUISE. Oui, mon ami.

MIGNONET. Je vous ai reconnue tout de suite, malgré le changement de costume...

ça vous va beaucoup mieux, je vous en fais mon compliment... Permettez-moi de vous dire que je vous trouve très-belle femme.

LA MARQUISE, *souriant.* Vraiment, mon ami?

MIGNONET. Très-belle femme.

LA MARQUISE, *à part.* Même d'un manant, ça fait plaisir.

MIGNONET. Moi, c'est différent; je n'en dirai pas autant de mon nouveau vêtement; les insignes de la domesticité me répugnent, et cet habit-là ne me chausse pas du tout.

LA MARQUISE. Au fait, je vous en prie.

MIGNONET, *lui donnant une clef.* Voici l'objet.

LA MARQUISE, *à Mlle de Blangy.* Essaie cette clef.

Mlle DE BLANGY. Oui, madame.

MIGNONET. Ça doit ouvrir à gauche.

Mlle DE BLANGY, *ouvrant.* Oui, et parfaitement.

MIGNONET. J'ose croire que c'est de l'ouvrage un peu bien faite... pour parler français.

LA MARQUISE. Donne ta bourse à ce garçon.

MIGNONET, *à part.* Des louis d'or... elle y tient. (*Haut.*) Merci, merci, madame la marquise, mais il y a encore autre chose à me rendre.

LA MARQUISE. Quoi donc?

MIGNONET. Ma Nana.

LA MARQUISE. Ah! oui, ta fiancée; je n'y pensais plus.

MIGNONET. J'y pense, moi... j'y pense infiniment, d'autant plus que j'ai des soupçons horribles qu'elle est ici.

LA MARQUISE. A Trianon?

MIGNONET. Dans ce même Trianon.

LA MARQUISE. Oh! rassure-toi, elle n'est pas ici, tè dis-je.

MIGNONET. C'est que j'ai entendu une conversation dans un bosquet... « Oui, disait M. Lebel, mon infâme pratique, on voulait nous l'enlever, mais elle a été retrouvée. »

LA MARQUISE, *riant.* Oh! je devine ce qui t'aura trompé...(*D'un ton sérieux.*) Mais si l'on m'avait trompée, moi...

MIGNONET. Oui, si l'on vous avait trompée, vous?

LA MARQUISE. Oh! grâce à cette bienheureuse clef, j'aurai bientôt tout éclairci.

MIGNONET. Oh! oui, bientôt, je vous en prie... avant que ma future ait eu l'honneur de voir sa majesté: j'aime mieux qu'on me la rende avant qu'après.

LA MARQUISE. Allez, allez, mon ami, et fiez-vous à moi.

MIGNONET. Oui, oui, madame, j'ai la plus grande confiance; mais le plus tôt possible, je vous en supplie. (*A part.*) Dieu! si elle allait m'oublier... si Nana avait la faiblesse d'accepter un rendez-vous, ici, dans ce pavillon du diable!.. Heureusement j'ai pris mes précautions... (*A la marquise, qui le regarde.*) Je m'en vais, je m'en vais, madame la marquise... mais je vous en prie, le plus tôt possible, le plus tôt possible.

(*Il sort.*)

SCÈNE III.
LA MARQUISE, Mlle DE BLANGY.

LA MARQUISE. Ce garçon dirait-il vrai? et Lebel serait-il parvenu à retrouver la trace de cette jeune fille?.. Malheur à elle, si elle a eu l'audace de pénétrer ici, et d'aspirer à me remplacer, même pour un jour!.. Je suis jalouse, et jalouse de l'amour d'un roi. (*Éclats de rire et bravos au dehors.*) Mais quel est donc ce bruit?

Mlle DE BLANGY. Des jeunes seigneurs, des dames de la cour qui parcourent, en riant, ces jardins illuminés... Ah! j'aperçois aussi l'uniforme du régiment de votre jeune et galant chevalier.

LA MARQUISE. Il est ici... c'est une preuve d'amour, cela... tandis que Louis... Prenez-y garde, Louis de France, tout roi que vous êtes, il pourrait vous arriver un malheur.

Mlle DE BLANGY. Quel malheur?

LA MARQUISE. Quel malheur?.. il a oublié que je m'appelle madame de Pompadour.

(*Au moment où elles sortent toutes deux par la droite, les personnages suivants arrivent par le fond.*)

SCÈNE IV.
SAINT-YVES, LAURAGUAIS, LE CHEVALIER *en femme.*—*Grande toilette de bel paré.*—OFFICIERS.

CHŒUR.

AIR : *final d'un Duel sous le cardinal de Richelieu, 1er acte.*

De par le roi, que tout s'apprête ;
Que le plaisir règne en son nom !
Joyeux danseurs, c'est grande fête,
C'est grande fête à Trianon.

SAINT-YVES. Place, place ; je vous annonce la nouvelle beauté présentée aujourd'hui à la cour... la baronne de Fromonville.

(*Le chevalier entre. Un petit nègre porte la queue de sa robe.*)

LES DAMES. Elle est charmante.

LE CHEVALIER. Ah! mesdames...

(Il fait la révérence.)

LES HOMMES. Salut à la reine du bal!

LE CHEVALIER. Ah! messieurs, vous me faites rougir.

UNE DAME. Je suis un peu parente des Fromonville; voulez-vous m'embrasser, ma mie?

(Elle l'embrasse.)

LE CHEVALIER. Avec bien du plaisir, ma chère parente... (A part.) Ça commence très-bien.

LAURAGUAIS. Mademoiselle... serais-je assez heureux pour danser avec vous un menuet?

LE CHEVALIER, saluant en femme. Avec plaisir! monsieur le comte... (Changeant de ton.) Mais trève de plaisanteries... dites-moi, avez-vous été plus heureux que moi?.. avez-vous aperçu, au milieu des mille beautés qui assistent à cette fête, une dame avec un bouquet de fantaisie... des fleurs comme celles-ci?

(Il les a amenés sur le devant de la scène.)

TOUS. Ma foi non.

LE CHEVALIER. Alors on se sera moqué de moi, c'est sûr... et j'en serai pour mes frais de déguisement.

SAINT-YVES. De quoi te plains-tu? n'as-tu pas fait assez de conquêtes? Tout-à-l'heure au bras de Grécourt, Brissac, Gisors... jusqu'au duc de Richelieu qui t'a fait sa déclaration.. quel honneur pour le régiment!

LE CHEVALIER. Mais as-tu remarqué aussi que Lebel, premier valet de chambre du roi, m'observait, me suivait à chaque instant?.. S'il se doutait de quelque chose?

SAINT-YVES. Oh! alors, gare à toi, mon pauvre d'Éon.

LE CHEVALIER. Oh! n'importe, il faut que je la retrouve.

SAINT-YVES. Silence! on nous écoute.

LE CHEVALIER. En vérité! Messieurs, vous n'êtes pas galants... je ne puis danser avec tout le monde... monsieur de Lauraguais, le premier vous m'avez offert votre main, et je l'accepte.

TOUS. Mais nous sommes inscrits, et nous ne souffrirons pas...

LE CHEVALIER. Ah! de grâce, messieurs, un peu d'indulgence pour les dames, point de scènes, de querelles... ça me donne des vapeurs... ménagez mes pauvres nerfs: je suis si délicate, si timide... (Donnant la main à Lauraguais; elle se reprend, et fait une grande révérence.) Messieurs, je vous sais gré des égards pour une femme de ma sorte.

(Prenant la voix d'homme.) Ah! morbleu! si elle s'est moquée de moi, nous verrons qui aura le dernier.

(Il sort avec Lauraguais.)

SCENE V.

SAINT-YVES, Officiers, puis GRÉ-COURT.

SAINT-YVES. Parole d'honneur, le plus fin s'y laisserait prendre, et nous sommes bien heureux d'être dans la confidence.... Mais voici le joyeux Grécourt!.. Eh! arrive donc, cher abbé, que nous te fassions compliment! tu as eu là la plus heureuse idée.

GRÉCOURT. Oui, une idée qui peut tous nous conduire à la Bastille.

TOUS. A la Bastille!

SAINT-YVES. Qu'est-il donc arrivé?

GRÉCOURT. Attendez que je me remette... car je suis encore tout hors de moi, d'une telle bizarrerie de la nature... D'abord, il paraît, il est même sûr qu'une jeune fille, la belle au domino vert, est parvenue à s'échapper, quoiqu'elle fût au bras du roi.

SAINT-YVES. Mais quel rapport cela peut-il avoir...

GRÉCOURT. Attendez donc..... Bientôt consolé de cette perte, Louis XV s'est mis à parcourir le bal... en ce moment, je donnais le bras à d'Éon, à notre fausse baronne...

SAINT-YVES. Et sa majesté a tout découvert, tout deviné.

GRÉCOURT, les réunissant autour de lui. Écoutez le secret le plus inconcevable, le plus épouvantable... sa majesté, le roi... lui-même s'est épris d'une passion subite.

SAINT-YVES. Comment Louis XV...

GRÉCOURT. Chut!.. c'est comme j'ai l'honneur de vous le dire... j'en tremble encore de tous mes membres... Lebel... l'infâme Lebel est venu m'aborder... « Grécourt, m'a-t-il dit, le roi a remarqué mademoiselle de Fromonville, et il » vous charge de demander pour lui, à » votre protégée, un moment d'entretien. » A ces mots, je suis resté stupéfait, sans voix, sans force, comme si j'avais bu de l'eau depuis quinze jours, et je suis venu vous trouver, vous, mes complices, mes amis, pour me sauver de cette affreuse position.

SAINT-YVES. Ma foi, cher abbé, nous t'aimons de tout notre cœur... s'il s'agissait pour toi de mettre flamberge au vent ou de délier les cordons de la bourse, tu pourrais compter sur nous, foi de gentilshommes... mais la Bastille... plus de femmes, plus d'air, plus de joyeux repas... bien le bon soir,... nous sommes vaincus... la bataille est perdue... amis, sauve qui peut...

TOUS. Sauve qui peut !

(Ils sortent en courant.)

SCÈNE VI.

GRÉCOURT, *seul, courant après eux.*

Messieurs, mes amis, je vous en supplie... Bah ! je ne les aperçois plus... on dirait déjà que le lieutenant de police est à leurs trousses... eh bien, me voilà gentil ! ils me laissent là dans un joli embarras !.. Il faut pourtant que j'en sorte... à tout prix, car je ne veux pas plus qu'eux de la Bastille. L'heure approche... il n'y a pas de temps à perdre... bientôt ce pavillon, ouvert à tout le monde pour éloigner les soupçons, deviendra une retraite où tout est mystère, où la lumière et l'obscurité obéissent à la voix du maître comme dans un palais de fée. Si le roi allait me trouver là, au lieu de la belle qu'il y viendra chercher, il serait homme à me tuer sur la place... Comment faire ? mon Dieu, comment faire ?.. (*Réfléchissant.*)Messieurs les officiers m'ont laissé toute la responsabilité : si je me délivrais à mon tour de ce fardeau... si j'en chargeais un des leurs... oui, ce serait de bonne guerre... J'aperçois d'Éon... tâchons....

SCÈNE VII.

GRÉCOURT, LE CHEVALIER.

LE CHEVALIER; *il arrive dans la plus grande agitation, et marche comme un homme, suivi de son nègre, qui tient la queue de sa robe.* Je suis furieux... pas un bouquet dans ce bal qui ressemble au mien... c'était une mystification, je n'en puis plus douter... Ah ! je suis d'une colère !... (*Il recommence à marcher; il se retourne et donne un coup de pied au nègre.*) Va-t'en donc, toi ! tu m'ennuies.

(Le nègre se sauve.)

GRÉCOURT. Mais, chevalier, vous n'y pensez pas... jamais une demoiselle de

condition n'a marché de cette manière-là... vous allez vous trahir.

LE CHEVALIER. Perfide !

GRÉCOURT. Mon ami...

LE CHEVALIER. Eh ! laissez-moi; c'est vous qui m'avez fait faire cette folie.

GRÉCOURT. Voyons, calmez-vous... vous n'aurez peut-être pas tant à vous plaindre que vous le croyez.

LE CHEVALIER. Hein ? que dites-vous ?

GRÉCOURT. Une dame jeune...

LE CHEVALIER. Et belle ?

GRÉCOURT. Et belle,.. assiste, comme vous, à cette fête; vous le savez.

LE CHEVALIER. N'a-t-elle pas, à son côté, un bouquet pareil au mien ?

GRÉCOURT. Oui, oui, tout pareil. (*A part.*) Je ne sais pas ce qu'il veut me dire, mais c'est égal.

LE CHEVALIER. Et elle consent à me voir ?

GRÉCOURT. Elle le demande elle-même.

LE CHEVALIER. Ah ! mon ami, mon cher ami... que vous êtes donc aimable d'avoir trouvé le moyen de me faire entrer à Trianon ! Où la verrai-je ?

GRÉCOURT. Ici même.

LE CHEVALIER. Quand ?

GRÉCOURT. Tout-à-l'heure.

LE CHEVALIER. Oh ! tout de suite... Mais j'y pense: pourquoi, jusqu'ici, a-t-elle eu la cruauté de m'éviter ?

GRÉCOURT. Elle vous accuse de l'avoir trompée, abusée.

LE CHEVALIER. Mais c'est une calomnie.

GRÉCOURT. Justement, les bruits que la calomnie a répandus sur vous, elle les a recueillis : on lui a dit, on lui a affirmé que le beau capitaine de dragons n'était qu'une demoiselle hardie et méchante, qui se faisait un jeu de séduire sous des habits d'homme, et de livrer ensuite à la risée publique les femmes assez faibles ou assez romanesques pour l'écouter.

LE CHEVALIER, *galment.* Comment ! ce n'est que cela ?

GRÉCOURT. Et c'est pour vous accabler des reproches les plus sanglans qu'elle vous demande une entrevue.

LE CHEVALIER. Me croire une femme ! oh ! je me justifierai.... Vous m'avez dit que c'était ici, dans un instant; merci, mon ami, mon cher ami, je n'oublierai jamais un tel service.

GRÉCOURT. Il n'y a vraiment pas de quoi.... (*Lui serrant la main.*) Du courage, de l'éloquence.

LE CHEVALIER. Oh! je n'en manquerai pas.

GRÉCOURT, *à part*. Ma foi, mons d'Eon, tire-t'en à présent comme tu pourras... et, à mon tour, sauve qui peut.

(Il sort vivement.)

SCENE VIII.

LE CHEVALIER, *seul*.

Je vais donc enfin connaître mon inconnue... Eh! mais, je n'avais jamais si bien regardé ce pavillon... quel luxe... mais c'est un appartement royal... partout les portes en velours cramoisi et à clous dorés, et le chiffre de Louis XV, les L L entrelacés... Serais-je chez une princesse? (*La porte du fond se ferme*.) Comment! on m'enferme! il paraît que la belle ne veut pas que je lui échappe... Les bougies ne donnent plus qu'une faible clarté... tout se fait donc ici par magie?... Ah! mon Dieu... j'ai entendu ouvrir une porte... et quelque chose qui ressemble au frôlement d'une robe... Comme mon cœur bat!...

(Il s'appuie sur un fauteuil.)

SCENE IX.

LE CHEVALIER, LA MARQUISE.

LA MARQUISE, *entrant à droite, à part*. Une femme! ah! je m'en étais doutée aux transports de ma jalousie..... cet homme avait raison, Louis aura retrouvé sa nouvelle conquête.... Eh bien! tant pis pour elle.

LE CHEVALIER, *à part*. Elle n'ose me parler, m'aborder..... allons, c'est à moi à faire les premiers pas.

LA MARQUISE. Petite malheureuse!

(Elle lui donne un vigoureux soufflet.)

LE CHEVALIER. Ah! par exemple, c'est trop fort celui-là, si c'est pour cela que vous m'avez donné un rendez-vous!..

LA MARQUISE. Un rendez-vous, moi, à une femme de votre sorte!

LE CHEVALIER. Oui, madame, un rendez-vous.

LA MARQUISE. Quelle voix!.. Sortez, insolente, ou ne je réponds plus de ma fureur.

LE CHEVALIER. Eh bien non! madame! je ne sortirai pas..... je ne sortirai pas avant de m'être justifié.

LA MARQUISE. Vous justifier d'une conduite aussi infâme!...

LE CHEVALIER. Je sais que vous me croyez des torts; mais, au moins, vous deviez m'entendre avant de traiter ainsi un galant homme.

LA MARQUISE, *étonnée*. Un galant homme! que dit-elle?

LE CHEVALIER. Oh! madame, je sais que ce mot-là vous étonne, vous met en colère peut-être... mais il faut que je détruise les affreuses calomnies qu'on vous a débitées sur mon compte. Dire que je suis une femme, une intrigante... celui qui osera le soutenir, je lui passe mon sabre au travers du corps.

LA MARQUISE. Quoi! monsieur, mademoiselle... vous n'êtes pas une jeune fille que la séduction, l'ambition peut-être, a attirée dans les pièges de cet infâme Lebel?

LE CHEVALIER. Sur l'honneur, je suis le chevalier d'Eon.

LA MARQUISE, *à part*. Le chevalier en tête-à-tête avec moi, et cela de par le roi!

LE CHEVALIER. On m'a donné un nom, des habits de femme, et j'ai tout pris sans explication, pour paraître à cette fête, pour y voir celle que j'aime, que j'aimerai toute ma vie.

(Il veut s'approcher d'elle.)

LA MARQUISE. Ah! chevalier, vous êtes un infidèle, et si votre inconnue vous entendait....

LE CHEVALIER. Oh! cette inconnue, ce ne peut être que vous, vous, à qui j'ai voué mon existence; vous, à qui je ne préférerais nulle autre femme, fût-ce même la belle marquise de Pompadour.

LA MARQUISE. Et si la marquise et l'inconnue n'étaient qu'une même femme!

LE CHEVALIER. Oh! alors je me jetterais à ses pieds, et je ne quitterais cette posture suppliante qu'en entendant mon pardon de sa bouche.

LA MARQUISE. Relevez-vous, mademoiselle, vous allez gâter votre robe.... Oh! tout ceci est une intrigue de Grécourt; je la devine, et elle peut servir mes projets.

LE CHEVALIER. Oh! mon Dieu, j'ai entendu du bruit.

LA MARQUISE. Non, vous vous êtes trompé.. soyez sans crainte.

LE CHEVALIER. Oh! ce n'est pas pour moi... Mais si l'on nous surprenait, vous, si bonne, si indulgente, la nuit, avec un jeune homme...

LA MARQUISE. Pauvre garçon! et moi qui lui ai donné un soufflet!...

Air : *de J. Doche.*

Pour me punir de cette faute-là,
Il faut, je crois, encore en commettre une,
Et vous livrer la main qui vous frappa.

LE CHEVALIER, *lui baisant la main.*
Vous le voyez, je n'ai pas de rancune.

LA MARQUISE, *à part.*
Louis, mon roi, c'est toi qui l'as voulu,
Obéissons au pouvoir absolu.

LE CHEVALIER.

Même air.

Mais un soufflet, c'est un terrible affront...

LA MARQUISE.
Auprès de vous comment donc trouver grâce?

LE CHEVALIER.
Si votre main a fait rougir mon front,
Que votre bouche en efface la trace...

(*Il se penche, la marquise l'embrasse sur le front.*)

LA MARQUISE, *à part.*
Louis, mon roi, c'est toi qui l'as voulu,
Obéissons au pouvoir absolu.

LE CHEVALIER. Cette fois, je ne me suis pas trompé... j'ai bien entendu marcher en dehors.

LA MARQUISE. Soyez sans inquiétude pour moi... n'ai-je pas cette clef qui ouvre ces deux portes, et cette troisième qui conduit dans mes appartemens?

LE CHEVALIER, *vivement.* Sauvons-nous tous deux par là.

LA MARQUISE. Non, il faut que vous restiez ici... J'ai besoin de cette épreuve... (*A part.*) Ah! monseigneur Louis de France... nous verrons... (*Haut.*) Quoi qu'il arrive, ne vous étonnez, ne vous effrayez de rien, et comptez sur moi... Adieu, mon gentil chevalier.

(*Elle rentre vivement, et ferme la porte de droite. A la sortie de la marquise, il fait nuit.*)

* * *

SCÈNE X.

LE CHEVALIER, puis MIGNONET.

LE CHEVALIER, *à la porte fermée de droite.* Au revoir, ma belle marquise... On a ouvert la porte du fond... allons, me voilà dans les aventures.

MIGNONET, *au fond.* Madame la marquise m'a oublié, j'en étais sûr; mais elle ne se doute guère que je me suis aussi fait une petite clef pour moi.

LE CHEVALIER, *à part.* C'est une voix d'homme!

MIGNONET, *à part.* Et que je peux m'assurer par moi-même de l'affreux mystère.

LE CHEVALIER, *à part.* Que vient-il faire ici?

MIGNONET, *à part.* Si elle est réellement au château, c'est ici qu'elle doit être enfermée.

LE CHEVALIER, *à part.* C'est peut-être un rival! et je suis sans armes.

MIGNONET, *à part.* Il me semble que j'ai vu remuer quelque chose là-bas, dans le coin... (*Haut, appelant.*) Mademoiselle Nana!

LE CHEVALIER. Qui est là?

MIGNONET, *à part.* Elle a répondu... elle y est.

LE CHEVALIER. Encore une fois, qui est là?

MIGNONET, *à part.* Comme sa voix est changée! elle est peut-être enrhumée... Allons, allons, de l'aplomb, et couvrons-la de honte. (*Haut.*) Tu demandes qui est là, volage Nana?

LE CHEVALIER, *à part.* Nana?

MIGNONET. Tu fais semblant de ne pas me reconnaître, effrontée?

LE CHEVALIER, *à part.* Ah çà! que me veut ce butor?

MIGNONET. Moi, Théodore Mignonet, serrurier-mécanicien par état, et fanatique de tes appas par bêtise.

LE CHEVALIER, *à part.* C'est un fou échappé des Petites-Maisons.

MIGNONET, *cherchant à tâtons.* Ah! tu as beau te taire, tu ne m'échapperas pas, scélérate... Je te retirerai de l'abîme, et tu me suivras chez ta respectable mère.

LE CHEVALIER, *se dégageant brusquement.* Veux-tu bien me lâcher, animal?

(*En ce moment, il s'est approché du chevalier et l'a saisi par le bras.*)

MIGNONET. Ah! animal! tu me pousses à bout... une fois, deux fois, trois fois, veux-tu me suivre?.. Suis-moi, je te le conseille, ou je me porte à des excès, je frappe sans y voir clair.

(*Il lève la main.*)

LE CHEVALIER. Ah! cette fois, par exemple, tu ne frapperas pas le premier.

(*Il lui donne un soufflet.*)

MIGNONET. Dieu! quelle tape!

Air : *vaudeville de l'Écu de six francs.*

J'ai vu trois millions de chandelles.

LE CHEVALIER.
Ah! maraud! cela t'apprendra
A savoir respecter les belles...

MIGNONET, *à part.*
Si l'aventur' commenc' comm' ça,
Ah! je sens là qu'il m'en cuira!

LE CHEVALIER, *à part.*
Ma foi, je n'y puis rien comprendre)
Mais ce cadeau qu'on m'avait fait
Sur ma conscience pesait,
Et j'avais besoin de le rendre!

MIGNONET. Mais c'est une horreur, une infamie, une turpitude... et je vais crier au voleur, au feu, à l'assassin.

LE CHEVALIER. Mille tonnerres ! si tu dis un mot...

MIGNONET, *à part*. Bon, elle jure à présent !.. (*Haut.*) Nana!

LE CHEVALIER. Nana, il y tient.

MIGNONET. Reviens à toi, et, malgré l'obscurité, reconnais ces traits chéris qui t'ont subjuguée... reconnais ton Dodore... (*En ce moment les bougies se rallument spontanément.*) Dieux ! quelle clarté...(*Se frottant la joue.*) Est-ce que j'ai encore reçu quelque chose ?

LE CHEVALIER, *à part*. Que veut dire cela ? serait-ce le commencement de l'épreuve ?.. Il faut absolument que je renvoie cet imbécile.

MIGNONET. J'espère que maintenant, au grand jour, tu n'oseras plus nier... Ciel ! ça n'est pas elle...

(*Il se sauve effrayé, et sort en refermant la porte sur lui.*)

SCENE XI.

LE CHEVALIER, *seul*,

Il m'a évité la peine de le mettre à la porte... Avec tout cela, me voilà seul au milieu d'une intrigue dont je suis acteur, sans que personne m'ait mis dans la confidence... Ma foi, j'irai jusqu'au bout....

Air : *vaudeville de la Famille de l'Apothicaire.*

La maîtresse qui règne ici
M'aime... oh! oui, ce n'est point un rêve !
Et je suis encore étourdi
Du rang où son amour m'élève;
Elle m'a de sa majesté
Déjà permis d'usurper la puissance.
Encore un gage de bonté,
Et je suis presque roi de France.

Mais il me semble qu'on me laisse bien long-temps prisonnier... avec ça, je sens là, au creux de l'estomac, comme un serrement... c'est peut-être mon corset qui me fait mal... non, c'est que j'ai faim, très-faim même, et très-soif... avec toutes ces aventures, il y a vingt-quatre heures que j'ai oublié de prendre quelque chose... Décemment, un amoureux bien épris ne peut demander à manger... c'est trop prosaïque; mais ma chère marquise aurait bien pu y penser pour moi. (*En ce moment, une trappe s'ouvre à droite, et une table élégamment servie, avec deux couverts, arrive sur la scène.*) Ah ! mon Dieu, suis-je bien éveillé? comment ! servi à souhait ! mais c'est de la féerie... Ma foi, féerie ou non, je me risque... je suis curieux de voir si le souper est enchanté. (*Il s'assied à la table, et boit et mange avec avidité.*) Non, c'est bien un excellent pâté... Voyons le vin... (*Il s'en verse un grand verre.*) Parfait... parfait... on n'en boit pas de meilleur dans ma chère ville de Tonnerre... Mais je m'aperçois qu'il y a deux couverts... et moi qui n'attends pas... comme c'est malhonnête !.. c'est sans doute ce souper en tête-à-tête que ma belle amie me ménageait... Quelle aimable surprise!.. Mais puisque tout vient ici à volonté, sans doute la fée bienfaisante ne se fera pas prier davantage... (*Haut.*) Enchanteresse, je t'évoque.

(*La porte de gauche s'ouvre, le roi paraît. L'orchestre joue l'air* Viens, gentille dame.)

SCENE XII.

LE ROI, LE CHEVALIER.

LE CHEVALIER, *l'apercevant*. Le roi ! je suis perdu !

(*Il se lève dans le plus grand embarras, et s'essuie la bouche avec sa serviette.*)

LE ROI, *souriant*. Ne vous dérangez pas, ma toute belle.

LE CHEVALIER. Oh ! sire, je vous jure que je n'ai pas faim, je n'ai pas le moindre appétit.

LE ROI, *à part*. Qu'est-ce donc alors quand elle a faim ! Il paraît que c'est une luronne... elle avale un verre de Bourgogne avec une facilité...

LE CHEVALIER, *à part*. Je le vois à son sourire ironique, il connaît ma folie, et mon travestissement me coûtera cher.

LE ROI. Allons, remettez-vous, charmante Fromonville.

LE CHEVALIER, *à part*. Sa majesté se moque de moi...

LE ROI. Lebel m'avait prévenu d'avance que vous étiez une vive et franche provinciale... et qu'il n'y avait pas à ma cour une femme qui vous ressemblât.

LE CHEVALIER. Sire, il vous a dit la vérité. (*A part.*) Il faut tout avouer, c'est le plus court.

LE ROI. Au reste, c'est ma faute, ma petite baronne, si je vous ai trouvée à table, je me suis fait un peu attendre.... Imaginez-vous que je me suis arrêté à rire, un moment, de l'aventure arrivée à cette pauvre maréchale de Villeroi... une jeune femme travestie en homme...

LE CHEVALIER, *à part*. Ah ! mon Dieu !

LE ROI. Fort éprise de son mari... qui s'est introduite dans son hôtel, et qui a séduit la tendre maréchale... Concevez-vous qu'on puisse se tromper ainsi à un travestissement?

LE CHEVALIER. Non, non, je n'y conçois rien du tout.

LE ROI. Ce n'est pas moi qui me laisserais abuser à ce point.

LE CHEVALIER. Oh non, par exemple. (*A part.*) Je n'ose plus rien lui dire.

LE ROI. D'autant plus que si j'avais eu assez peu d'esprit pour m'y laisser prendre, la Bastille est trop discrète pour qu'il fût permis de rire à mes dépens.

LE CHEVALIER, *à part.* Je suis plus mort que vif.

LE ROI. Mais ne parlons que de vous, ma toute belle, et apprenez le motif pour lequel je vous ai priée de venir à ce rendez-vous.

LE CHEVALIER. Je ne me sens pas à mon aise, je voudrais me retirer.

LE ROI. Oh! je suis trop galant pour le souffrir... vous savez qu'à l'exemple de mon aïeul Louis XIV, qui daignait danser dans les ballets du sieur Molière, j'ai résolu d'essayer un pas dans la fête qu'on donne ce soir à Trianon.

LE CHEVALIER. Oui, sire, et il me semble même que vous devriez danser ce pas avec Mᵐᵉ la marquise de Pompadour...

LE ROI. N'en soyez pas jalouse.

LE CHEVALIER. Jalouse...

Air : *vaudeville de l'Ours et le Pacha.*
Bien des dames, je le conçois,
Ont pour vous un amour extrême,
Amour pour le prince, le roi ;
Mais elle, c'est Louis qu'elle aime.
LE ROI.
Vous la défendez, sur ma foi,
Avec un soin, avec un zèle...
LE CHEVALIER.
C'est que, malgré ce qu'on dit d'elle,
Personne ne sait mieux que moi
Combien elle vous est fidèle.

LE ROI. C'est possible... c'est surtout fort généreux de votre part... néanmoins, ce ne sera pas elle qui dansera aujourd'hui avec le roi.

LE CHEVALIER. Mais qui donc?

LE ROI. Vous, mignonne.

LE CHEVALIER. Moi, sire... mais je ne sais pas danser.

LE ROI. C'est un pas d'écolier... d'ailleurs, nous allons l'essayer, le répéter un peu. (*Ici on entend la musique du bal.*) Tenez, entendez-vous?.. Placez-vous là; vous serez l'élève, et moi le maître à danser.

LE CHEVALIER, *à part.* Et moi qui ne me rappelle que l'école du cavalier... les pieds légèrement en dedans...

(*Le roi pose son épée sur le fauteuil de droite, près de la porte du fond.*)

LE ROI. Y êtes-vous?

LE CHEVALIER. Mais, sire, je vous le répète, je ne sais pas danser du tout...

LE ROI. Allons, je ne veux pas vous contrarier... mais vous ne refuserez pas au moins d'achever ce que vous avez si bien commencé...

(*Il lui offre la main en montrant la table.*)

LE CHEVALIER, *s'asseyant.* Volontiers, sire.

LE ROI, *à part.* Elle est vraiment originale... (*Versant.*) A vous, baronne, l'honneur du premier toast.

LE CHEVALIER. A la santé du noble roi de France, de sa maison militaire, des gardes françaises, et de son beau régiment de Royal-Dragon.

LE ROI, *à part.* Voilà une singulière santé, pour une demoiselle... (*Il boit. Haut.*) A mon tour, versez, mon Hébé. (*A part.*) Nos prudes de la cour seront jalouses de ma nouvelle conquête... tant mieux...

(*Il est descendu en scène, à gauche. Pendant ce temps, Mᵐᵉ de Pompadour est entrée par la droite, et fait signe à d'Eon de se taire.*)

SCÈNE XIII.

Les Mêmes, LA MARQUISE.

LE ROI. A la santé de celle qui m'est chère, de la dame de mes pensées. (*Il s'approche de la table, et se trouve en face de Mᵐᵉ de Pompadour, qui a pris en silence le verre du chevalier.*) La marquise!

LA MARQUISE. A la santé du plus fidèle des amans!

(*Le roi pose son verre sur la table, à gauche; la marquise donne le sien au chevalier, qui se retourne, boit, et remet son verre sur la table.*)

LE ROI. Vous ici, madame! vous que je croyais chez votre oncle malade!

LA MARQUISE. Mon oncle se porte à merveille, sire.

LE ROI. Et, au lieu de partir, vous avez osé rentrer incognito à Trianon.

LA MARQUISE. Je suis trop bonne sujette pour m'être permis de refuser la main que sa majesté m'offrait avec tant de grâce.

LE ROI, *à part.* C'était elle. (*Haut.*) Et c'est nous sans doute aussi qui vous avons offert la main pour pénétrer dans ce pavillon, où nul ne peut entrer sans notre ordre.

LA MARQUISE. Votre majesté oublie qu'elle m'en avait donné la clef.

LE ROI. Vous avez de la mémoire,

madame la marquise... Eh bien! vous devez vous souvenir que vous possédez à Etioles un fort beau château.

LA MARQUISE. Dont l'air serait très-favorable à ma santé, n'est-ce pas, sire?

LE ROI. Vous m'avez compris : je n'aime pas qu'on me brave, et désormais... (Bruit confus au dehors.) Quel est ce bruit?

VOIX en dehors. Alerte! alerte!.. aux armes!

LA MARQUISE. Ah! mon Dieu! serait-ce une révolte? Ah! sire, au moment du danger, vous ne me repousserez pas de vos bras.

LE CHEVALIER. Les jours du roi seraient-ils menacés?... vrai Dieu... qu'ils y viennent!...

(Il s'empare de l'épée que le roi, au moment de la danse, a déposée sur le fauteuil.)

LE ROI. Quelle femme!

VOIX en dehors. Arrêtez, arrêtez ce furieux...

LE CHEVALIER, l'épée à la main. Sire, je m'établis votre garde de la porte... et, fussent-ils dix mille, je leur tiendrai tête... je le jure par le drapeau de mon régiment.

(Le bruit a cessé.)

LA MARQUISE. Il se perd!

LE ROI. Comment, mademoiselle! votre régiment?

(Il l'amène vivement sur le devant de la scène.)

LE CHEVALIER, à part. Je suis pris!

LE ROI. Expliquez-vous, expliquez-vous, je le veux.

LE CHEVALIER.

AIR : Tenez, moi, je suis sans malice.
Pour pénétrer dans cette enceinte,
J'osai recourir à la feinte;
Mais, sire, on menaçait vos jours,
Plus de feinte, plus de détours;
Oui, dès ce moment, l'erreur cesse,
Et vous voyez, je le confesse,
Sous ces falbalas, ces linons,
Un capitaine de dragons.

LA MARQUISE, jouant la surprise. Quoi, sire! un jeune homme... et si près de mon appartement!.. voyez un peu à quoi vous m'exposiez.

LE ROI. Silence, madame; et vous, monsieur, votre nom?

LE CHEVALIER. Le chevalier d'Eon.

LE ROI. Quoi! ce jeune audacieux qui s'est déjà moqué, par ses travestissemens, de tant de femmes et de maris!... Vous apprendrez, monsieur, qu'on ne se moque pas impunément de moi.

LE CHEVALIER. Sire, je n'ai eu tant d'audace que pour voir celle que j'aime, que j'aimerai toute la vie... maintenant punissez-moi; je l'ai vue, elle m'a parlé, de sa voix douce et tendre... ce sera du

bonheur pour les longs jours de la captivité.

LE ROI. Eh bien, c'est un bonheur que je ne vous refuserai pas. (Écrivant.) Je vais vous recommander spécialement au ministre de la guerre, et surtout au gouverneur de la Bastille.

LA MARQUISE, bas au roi. Mais, sire, pensez donc au bruit que fera cette aventure... les poètes vous chansonneront, vos ennemis s'en réjouiront, et l'anecdote aura bientôt fait le tour de l'Europe.

LE ROI, à lui-même. C'est vrai, ces puritains anglais crieront au scandale, cette cour de Russie en amusera ses grossiers loisirs, et ce Frédéric de Prusse ajoutera à son recueil une mauvaise épigramme sur le chevalier d'Eon... Eh bien! il faut leur fermer la bouche... (Haut.) Chevalier, approchez.

LA MARQUISE, à part. Que va-t-il faire?

LE ROI. Vous m'avez offensé, et vous méritez un châtiment.

LE CHEVALIER. Oui, sire.

LE ROI. Eh bien! si vous le voulez, vous n'irez pas à la Bastille.

LE CHEVALIER. Si je le veux...

LE ROI. Vous allez me promettre de vous soumettre aveuglément à ce que je déciderai de votre sort.

LE CHEVALIER. Je le jure, sire... à vous... et à Mme la marquise, qui m'en veut sans doute.

LA MARQUISE. Non, chevalier, je ne vous en veux pas.

VOIX en dehors. Le voilà, le voilà, par ici, par ici.

LE ROI. Ouvrez cette porte, et sachons enfin ce que veulent dire ces cris.

SCENE XIV.

LES MÊMES, GRÉCOURT, SAINT-YVES, LAURAGUAIS, MIGNONET, CHŒUR, OFFICIERS.

CHŒUR.

AIR : Ah! grand Dieu! quel affreux orage! (Guillaume Tell, vaudeville.)
Vit-on jamais tant d'insolence?
Quel est donc cet audacieux
Qui peut venir dans sa démence
Apporter le trouble en ces lieux?

MIGNONET. Je veux ma Nana! il me faut ma Nana!

LE ROI. Quel est cet homme? et qu'a-t-il fait?

SAINT-YVES. Sire, quoique étranger, on l'a trouvé revêtu de la livrée du château, et muni d'une clef de ce pavillon; il a apporté le trouble dans les salons, les jardins, suivant, regardant toutes les dames de la façon la plus extravagante, et nous avons eu mille peines à l'arrêter.

LE ROI. C'est bien; qu'on le conduise à la prison de la ville, et qu'on nous laisse.

LA MARQUISE. Un mot en sa faveur, sire... ce jeune homme est fou.

MIGNONET. Comment! je suis fou!

LA MARQUISE. Il s'est figuré qu'un grand seigneur, un auguste personnage voulait lui enlever sa fiancée, la jeune Marie.

MIGNONET. Marie-Anna.

LE ROI, à part. Qu'entends-je?

LA MARQUISE. Mais moi, j'ai la certitude que la jeune fille est maintenant à Metz, où elle attend son futur.

MIGNONET. Alors je vais prendre tout de suite le carrosse de Lorraine.

LA MARQUISE. Si le roi le veut.

LE ROI. Oui, nous le voulons.

MIGNONET à Saint-Yves. Nous le voulons.

LE ROI, bas. Vous saviez tout, marquise?

LA MARQUISE, bas. J'ai tout oublié.

LE ROI, montrant le chevalier. Quant à mademoiselle...

SAINT-YVES, LAURAGUAIS, GRÉCOURT, et LES AUTRES, à part. Mademoiselle!

LE ROI. Puisque madame la marquise s'intéresse à tous les coupables... elle va connaître son sort. (Aux officiers.) Vous devez être surpris, messieurs de Royal-Dragon, de voir sous cet habit un des officiers de votre régiment.

SAINT-YVES, bas. Le roi ne sait rien.

MIGNONET. Vous dites, monsieur...?

(Saint-Yves le repousse.)

GRÉCOURT, bas. Le roi sait tout, et nous ne devons rien savoir.

LE ROI. Mais le scandale de ce travestissement n'est pas le premier, et nous avons dû faire cesser de pareilles intrigues... Mandée devant nous, cette personne, jusqu'ici l'objet de mille bruits et de mille conjectures absurdes, nous a avoué qu'elle était la CHEVALIÈRE D'ÉON.

TOUS. La chevalière d'Éon!

Mⁿᵉ BLANGY. C'était une femme... oh!

LE ROI. Et sur sa liberté... elle nous a juré qu'elle ne porterait plus désormais que les habits de son sexe... Est-ce vrai, mademoiselle?

LE CHEVALIER. Sire, je suis incapable de démentir votre majesté.

Même air.

Sire, à vos lois je me résigne :
De vos bontés je serai digne ;
Enfin mon secret est connu.
Je suis femme, c'est convenu ;
(Bas au roi.)
Mais si l'Anglais jamais s'avance,
Soyez-en sûr, le roi de France
Retrouvera, mille escadrons!

LE ROI. Hein, mademoiselle...?

LE CHEVALIER, avec une révérence.
Le capitaine de dragons. (Bas.)

LE ROI. Nous voulons et ordonnons que cet aveu soit rendu public, et inscrit dans nos archives, afin que nul ne mette en doute son authenticité, et qu'un jour les historiens ne puissent s'y tromper.

GRÉCOURT, à part. Et voilà comme on écrit l'histoire.

LE ROI. Chevalière d'Éon, nous vous nommons notre envoyée auprès de l'impératrice Elisabeth de Russie, et nous vous chargeons de négocier le mariage de notre cousin le prince de Conti.

LE CHEVALIER. Ah! sire, que de reconnaissance! (A part.) Condamné à porter les habits de femme... ça pourra me servir à la cour de Russie.

LE ROI. Demain vos lettres de créance seront expédiées, et le jour suivant vous partirez.... jusque là vous ne quitterez pas Trianon.

LE CHEVALIER, bas. Madame, aurai-je au moins mon audience de congé?

LA MARQUISE, le doigt sur ses lèvres. Silence!

LE ROI. Maintenant, messieurs, que la fête continue... je vais moi-même donner l'exemple...

UN HUISSIER, annonçant. Le pas du roi.

LE ROI. Marquise, votre belle main.

(Le roi donne la main droite à la marquise, et se retourne pour gagner le fond avec elle. La marquise, une main dans celle du roi, alonge l'autre derrière elle, et tend au chevalier des tablettes dont il s'empare, qu'il ouvre et lit.)

LE CHEVALIER. A demain.

CHŒUR GÉNÉRAL.

Entendez-vous du bal, etc.

FIN